DÉMÉNAGEMENT

Édition originale :
Zarah & Zottel. Ein Pony auf vier Pfoten

Pour l'éditjon française :

info@alice-editions.be
www.alice-editions.be
ISBN 978-2-87426-374-3
EAN 9782874263743
Dépôt légal : D/2019/7641/04
Imprimé en Pologne par Have a Book.

JAN BIRCK

SARAH ET SAC-À-PUCES

un poney dans l'ascenseur

TRADUIT DE L'ALLEMAND
PAR EMMANUÈLE SANDRON

ALICE
SALTO

La maman de Sarah perçait des trous dans les murs de la cuisine dans un fracas assourdissant.

Comme ça n'en finissait pas, Sarah s'enfuit vers l'ascenseur en se bouchant les oreilles. Direction : le rez-de-chaussée !

En bas, des enfants faisaient du skateboard. Sarah ne connaissait encore personne, car elle n'habitait là que depuis quelques jours.

— Salut ! dit-elle. Moi, c'est Sarah. Je viens d'arriver.

Un garçon s'arrêta net et lui répondit :

— Moi, c'est Hubert, et j'ai toujours été là !

— Tu ferais mieux de retourner d'où tu viens ! ajouta-t-il.

— Je ne peux pas rester ici ?

— Non ! cria Hubert.

— Pourquoi ? demanda Sarah.

— Parce qu'on était là avant toi ! répondit Hubert. VA-T'EN !

Alors, Sarah retourna d'où elle venait.

Sa maman avait déposé sa perceuse. Elle passait maintenant l'aspirateur. Sarah cria à pleins poumons :

JE VEUX UN AMI
AU MOINS UN !
WUFF
UBI
UBI

Sans succès...
Elle changea de méthode, et l'aspirateur se tut aussitôt.
— Qu'est-ce qui se passe ? demanda maman.
— Je veux un ami pour jouer dehors quand tu fais du boucan dans tout l'appartement ! Et aussi quand tu dors et que tu ne veux pas entendre une mouche voler.
La maman de Sarah dormait en effet le plus clair de la journée car elle travaillait la nuit.
— Alors, trouves-en un ! répondit-elle.

« Comme si c'était facile... » pensa Sarah.

— Où ?! demanda-t-elle. D'où je viens ?

— Exactement ! En bas, dans la cour ! Il y a plein d'enfants, là-bas !

Sarah était certaine que le garçon qui lui avait crié de s'en aller redirait la même chose si elle osait se présenter à nouveau dans la cour. Alors, elle se réfugia dans sa chambre et se cacha dans le tipi que sa maman lui avait installé la veille. Elle se plongea dans la lecture de son livre préféré : celui sur les Indiens. Ils avaient de longs cheveux noirs, exactement comme Sarah et son papa.

Mais ils étaient toujours à cheval... Et Sarah n'en avait pas, de cheval.

Sarah s'était endormie. Elle rêvait qu'elle chevauchait un mustang à travers la plaine. Subitement, elle se trouva nez à nez avec un troupeau de bisons.

— Salut ! dit-elle. Moi, c'est Sarah. Je viens d'arriver.

Le plus gros bison répondit :
— Moi, c'est Hubert, et j'ai toujours été là ! Tu ferais mieux de retourner d'où tu viens !
À cet instant, maman cria si fort que le dîner était servi que Hubert s'enfuit au galop.

— Qu'est-ce qu'on mange ce soir ? demanda Sarah.

— Ton plat préféré ! De la mozzarella di buffala ! répondit maman.

— On la fabrique avec du lait de bison ?

— Du lait de bisonne, tu veux dire ? Non, de bufflonne ! Mais c'est vrai que c'est presque pareil.

— ...E ...eux un ...eval, dit Sarah, la bouche pleine. Un ...eval ...i accepterait ...être ...on ami.

Maman fronça les sourcils.

— Malheureusement, ça ne sera pas possible.

— Pourquoi ? S'il te plaît, mamaaaaaaan !

— Parce qu'on ne pourra jamais faire entrer un cheval dans l'ascenseur.

Le soir, maman partit travailler, et madame Hortense arriva avec son teckel Armand pour garder Sarah.

Madame Hortense s'affala devant la télé et se mit presque aussitôt à ronfler à en faire trembler tout l'immeuble. Et Armand aussi.

Seule dans son lit, Sarah contemplait le plafond. Impossible de dormir ! La pluie battait contre la vitre, de plus en plus fort.

« On dirait le galop d'un cheval, pensa Sarah. Ou, non ! Le galop de plusieurs chevaux ! Oui ! C'est tout un troupeau qui galope sur le toit ! »

Et cataclop, cataclop, cataclop...
Sarah finit par s'endormir...

Le lendemain matin, les chevaux avaient disparu. Madame Hortense et Armand aussi. Le soleil était de retour, et maman aussi. Elle se lavait les dents, juste avant d'aller dormir. Et là, Sarah eut une idée : « il faut que je trouve un cheval si petit qu'il entrera dans l'ascenseur ! »

— Un poney ! cria-t-elle en direction de la salle de bains.

— Kech... ke... tu... di ? répondit la voix de maman.
— Je descends ! Je vais chercher un poney ! s'écria Sarah.
Et hop ! elle fila.
Sa maman pensait sûrement qu'elle ne trouverait jamais, mais Sarah avait sa petite idée...

Sarah prit l'ascenseur. Arrivée en bas de l'immeuble, elle marcha en direction de la boulangerie. Elle connaissait le chemin, car le dimanche d'avant, elle avait eu le droit d'aller acheter du pain aux graines de tournesol.

Évidemment, la boulangerie ne vendait pas de poneys. C'est pourquoi Sarah n'alla pas jusque-là, mais presque.

Lorsque Sarah poussa la porte du magasin VEND ET ACHÈTE TOUT, le timbre de la sonnette retentit.

TOUT

IMPORT
EXPORT
VEND
ET
ACHETE
TOUT
40

— Bonjour, je voudrais un poney ! dit-elle au vendeur.

— Et comment te hisseras-tu sur son dos ? répondit celui-ci en souriant.

— Je l'escaladerai ! dit Sarah sans se laisser impressionner.

L'homme se frotta le menton et se gratta le crâne.

— J'ai peut-être quelque chose pour toi, dit-il enfin. Mais il faudrait que tu fasses des essais. Pour t'assurer qu'il est bien à ta taille.

— Oui, et à celle de l'ascenseur !

Alors, Sarah essaya le poney. D'abord, elle lui demanda la permission, car on ne grimpe jamais comme ça sur un animal sans crier gare, surtout quand il s'agit d'un poney.

— Moi, c'est Sarah ! s'écria-t-elle. Maintenant, on est amis !

Le poney remua la queue pour montrer qu'il était d'accord.

— Tu es un peu bizarre comme poney, commenta Sarah. J'ai trouvé ! Je vais t'appeler...

EXPRES
SAC-À-PUCES !

Le poney leva une jambe et arrosa un poteau. Sarah s'accrocha de toutes ses forces aux poils de sa monture.

Le feu passa au vert.

— Tu peux partir au trot, dit Sarah, mais pas trop vite s'il te plaît. Il faut encore que je m'habitue.

UFO

Arrivée dans la cour de son immeuble, Sarah descendit de son fier destrier.

— Voilà Sac-à-Puces ! annonça-t-elle. C'est un poney et c'est mon nouvel ami !

Tous les enfants éclatèrent de rire, surtout Hubert.

— Il a des pattes de chien, ton poney !

Sarah et Sac-à-Puces firent semblant de rien et montèrent dans l'ascenseur.

« Ouf ! Tout juste ! »

— Qu’est-ce que ce chien fait ici ? demanda maman, encore tout endormie.

— Ce n’est pas un chien, c’est un poney ! répondit Sarah.

— Et où l’as-tu trouvé, ce chien, euh... ce poney ?

— Au magasin vend et achète tout, bien sûr ! Je l’ai déjà essayé. Il entre dans l’ascenseur. Il s’appelle Sac-à-Puces ! Mais tu dois encore le payer, ajouta Sarah.

— Oh oh... Malheureusement, ce ne sera pas possible, ma chérie. Tu vas devoir le ramener d'où il vient.

Sarah fut très triste d'un coup. Sac-à-Puces aussi.

— Est-ce qu'il peut au moins rester ici aujourd'hui ? S'il te plaît ?

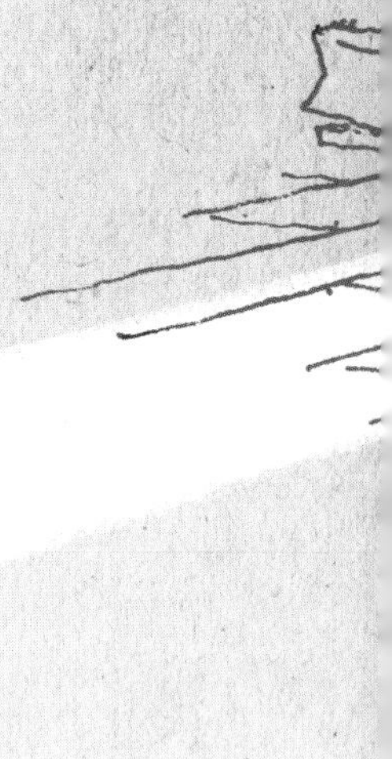

Après avoir mangé un peu, la maman de Sarah se recoucha.

Sarah s'ennuyait, son poney aussi.

En plus, il n'aimait pas les carottes.

Il aurait voulu de la saucisse, comme tout le monde.

Ils s'installèrent sur le balcon pour observer les enfants qui jouaient dans la cour.

Hubert multipliait les figures acrobatiques sur son skateboard. Les autres le regardaient quand... VLAAAAM ! Patatras !

Étalé au sol, Hubert contemplait son genou.
Tous ses copains le regardaient aussi, complètement pétrifiés.
Un homme s'arrêta et observa la scène un instant avant de poursuivre son chemin.

Sarah était la seule à savoir ce qu'il fallait faire.

— Viens ! Aide-moi ! dit-elle à Sac-à-Puces en montant en selle.

Dans la cour, elle mit pied à terre et observa le genou d'Hubert.

— Aïe ! Comme j'ai mal ! gémit-il.

— Oh là là, c'est grave ! s'exclama Rosalie, qui regretta aussitôt ses paroles.

— Il faut tout de suite transporter Hubert à la boucherie ! commenta Ossi.

— Ce n'est pas si grave ! s'exclama Sarah.

— C'est parce que le boucher, c'est mon père ! hurla Hubert. Mais ça ne servirait à rien, il n'est pas là !

Alors, Sarah ordonna aux autres de hisser Hubert sur le dos de son nouveau poney.

— Et où tu veux l'emmener ?

— D'où je viens ! répondit Sarah d'une voix forte avant d'encourager Sac-à-Puces : Hue dada !

La maman de Sarah était médecin urgentiste. Toutes les nuits, elle sillonnait la ville en ambulance et sauvait un tas de gens.

Heureusement, c'était la journée, donc elle n'était pas encore partie travailler.
Sarah et Sac-à-Puces la regardèrent sauver la vie d'Hubert. Qu'est-ce qu'ils étaient fiers !

Quelques minutes plus tard, Sarah, Sac-à-Puces et Hubert étaient de retour dans la cour.
Heureusement, Hubert n'avait finalement rien de très très grave.
Tous les enfants montèrent sur Sac-à-Puces pour faire un tour à dos de poney.

HUBERT
OSSI
ROSALIE
MARTIN
LA POULE
BOSSE

Quand tout le monde eut chevauché Sac-à-Puces, Sarah dit :

— Malheureusement, Sac-à-Puces doit retourner d'où il vient.

— Jamais ! crièrent les enfants tous en chœur. Le poney reste avec nous !

— Et toi aussi ! s'exclama Hubert.

— Sac-à-Puces ne peut pas rester, expliqua Sarah. Maman n'a pas d'argent pour le payer.

— Mais j'ai des sous, moi ! s'écria Hubert en fouillant ses poches.

Les autres aussi. En tout, ils possédaient six euros cinquante.

— Est-ce que ça suffira ? demanda Hubert.

— À mon avis, ce n'est pas assez, commenta Sarah.

Le vendeur prit un temps foooooouuuu pour compter toute la petite monnaie des enfants.

Finalement, il déclara :

— Le compte est bon !

— OUF ! répondirent tous les enfants en même temps.

— Mais le soir tombe, ajouta le vendeur. Et votre poney n'a pas de phare !

Sarah tira sur la bride de Sac-à-Puces.

— Viens, Sac-à-Puces ! Tu dois avoir faim !

Après le dîner, maman repartit travailler, et madame Hortense s'installa devant la télé. Sarah et Sac-à-Puces prirent place sur le balcon.

— Dis-moi la vérité, Sac-à-Puces ! chuchota Sarah. Tu ne ressembles pas tout à fait à un poney. Est-ce que tu ne serais pas un chien, par hasard ? Si c'est le cas, demain matin, je te ramènerai d'où tu viens !

Sac-à-Puces gémit faiblement.

— Oh, zut, alors ! s'écria Sarah. Mais qu'est-ce qu'on s'est bien amusés !

Elle sortit sa couverture d'Indien et se blottit contre Sac-à-Puces.

— Je m'en fiche, de qui tu es vraiment et d'où tu viens ! L'important, c'est que tu sois mon ami ! chuchota-t-elle. Quand on trouve un ami, c'est pour la vie !